À Carine Ermans
Peter et Pascal

Merci à Pascal
Peter

© 2018, *l'école des loisirs*, Paris

Loi 49 956 du 16 juillet 1949,
sur les publications destinées à la jeunesse.
Dépôt légal: septembre 2018
ISBN 978-2-211-23638-6

Texte français de Maurice Lomré

Mise en pages: *Architexte*, Bruxelles
Photogravure: *Media Process*, Bruxelles
Imprimé en Belgique par *Graphius*

Dick le lambin

Texte de Peter Neumeyer
illustrations de Pascal Lemaître

Pastel
l'école des loisirs

C'est mardi.
Dick le lambin doit aller chez madame Litzen pour sa leçon de piano.
Comme les parents de Dick le lambin sont au Japon,
Grandpa et Grandma s'occupent de lui.

«En avant! dit Grandpa. Prends tes partitions et mets ton manteau!»
«Nous sommes déjà en retard, ajoute Grandma. Dépêchons-nous!»

Dick le lambin s'active lentement.

Est-ce que les partitions de Dick le lambin sont dans sa chambre ?
Non.

Est-ce que les partitions de Dick le lambin
sont dans le placard du couloir?
Non.

Est-ce que les partitions de Dick le lambin sont sous le piano ?
Oui, elles y sont.
Six pages. Qu'est-ce qu'elles font là ?

Le manteau de Dick le lambin est aussi introuvable.
Est-il dans sa chambre ?
Non.

Est-il dans le placard du couloir ?
Non.

A-t-il disparu de la surface de la Terre ?
On dirait que oui !

Mais non !
Il est là où on l'a laissé !

Dick le lambin et ses grands-parents sont installés dans la voiture
qui les emmène chez madame Litzen, la professeure de piano.
«Oooh, regardez l'ambulance au coin de la rue! dit Dick le lambin.
Si seulement je n'avais pas traîné, nous aurions pu voir un malade.»

Dick le lambin est désolé, mais,
un peu plus loin…

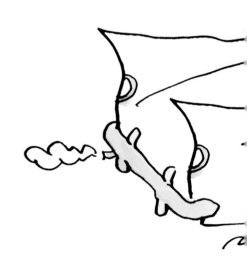

… il voit une femme qui distribue des chatons
qu'elle transporte dans un panier.
«Oh, quels magnifiques chatons!» se dit Dick le lambin.
Dick le lambin est déjà en retard pour sa leçon.
Ils n'ont pas le temps de s'arrêter pour des chatons.

«C'est regrettable, dit Grandma. Si nous étions partis à l'heure…»
Elle ne termine pas sa phrase.

Oh, oh, que se passe-t-il ? Dick le lambin se sent mal.
Cette fois, il ne lambine pas.
Dick se dépêche d'ouvrir grand la fenêtre de la voiture.

«Hello, Dick le lambin, mon élève préféré!»
dit madame Litzen, la professeure de piano.

Dick le lambin ne s'est pas vraiment exercé pendant la semaine,
mais il y a assurément beaucoup pensé. Pas plus tard que ce matin.
D'abord "Au clair de la lune". Puis "Frère Jacques", en utilisant la pédale.

Malheureusement, il ne se souvient plus des morceaux
et il a oublié ses partitions dans la voiture.

Ce n'est pas grave.
Dick le lambin va les chercher. Puis, il joue pour madame Litzen.

Il interprète "Au clair de la lune, mon ami Pierrot",
mais il mélange les notes.
La chanson devient "Au clair de Pierrot, mon amie la lune".

Puisque la leçon de piano n'a pas commencé à l'heure,
elle se termine également en retard.
«Merci, madame Litzen» , disent Grandma et Grandpa.
«En avant, rentrons à la maison!» dit Grandpa à Dick le lambin.
Dick a un peu de mal à retrouver ses partitions
et son manteau.

Sur le chemin de la maison, la chance est au rendez-vous.
Pas d'ambulance dans les parages,
mais un camion de pompiers qui revient de mission.
C'est toujours un spectacle super !

La dame qui distribuait des chatons a dû rentrer chez elle.
C'est raté pour aujourd'hui.

Tout ça parce que Dick le lambin a traîné ce matin.

De retour à la maison, Dick le lambin décide
qu'il n'est plus Dick le lambin.

Il sera désormais
Dick l'éclair !

Il range son manteau
dans le placard.

Il place ses partitions sur son lutrin.

Il prépare ses devoirs pour le lendemain.

Qui sait ?

Demain,
s'il est prêt, s'il se dépêche,
s'il n'est plus Dick le lambin,

il rencontrera peut-être la gentille dame aux chatons
en allant à l'entraînement de foot.
Et, cette fois, Dick l'éclair arrivera juste à temps.

Il choisira alors
un chaton noir,
un chaton blanc,
un chaton calico.

Il les appellera
Zoé, César et Petite Sœur.

Et, dans la douceur du soir,
Dick leur jouera une chanson comme celle-ci :

"Au clair de la lune, mon ami Pierrot…"

Demain, c'est sûr,
sera
une belle journée,

une

magnifique

journée.

Bonne nuit, Dick l'éclair.

Bonne nuit, Zoé.
Bonne nuit, César.
Bonne nuit, Petite Sœur.

L'histoire de *Dick le lambin* dormait depuis bien longtemps dans le tiroir d'une petite maison entourée de collines en Californie. Son auteur Peter Neumeyer, âgé de 86 ans, l'y avait un peu oubliée…

Un jour, la petite maison entourée de collines reçut la visite du théâtre du Tilleul, une compagnie de théâtre d'ombres de Bruxelles. L'équipe de ce théâtre adorait les livres que Peter avait écrits et désirait en faire un spectacle. Alors, Peter a ouvert ses tiroirs et en a sorti tous les textes qui y dormaient. Il a dit : «Je vous confie toutes mes histoires ; prenez-en bien soin.»

Il y avait tellement de textes, que l'équipe du théâtre s'est dit : C'est trop pour un seul spectacle, c'est trop pour nous. Nous n'y arriverons jamais. Nous allons créer la «Bibliothèque rêvée de Peter». Et nous demanderons à des enfants, des adultes, des classes d'école, des familles… de créer des livres à partir des histoires de Peter. Puis nous rassemblerons tous ces livres dans une grande tour qui voyagera avec notre spectacle : une bibliothèque de rêve… qui ne sera jamais achevée, car on n'en finit pas de rêver.

Cet album s'inscrit donc dans le projet *La Bibliothèque rêvée* du Théâtre du Tilleul.

Carine Ermans

www.**theatredutilleul**.be